Richard Petit - Freg

KING
DÉTRÔNÉ

Kennes

Kennes
Éditeur
de coups de cœur

Retrouvez-nous sur www.kenneseditions.com

Rejoignez-nous sur notre page Facebook : www.facebook.com/KennesEditions

Suivez-nous sur notre compte Instagram : kenneseditions

Texte : Richard Petit

Adaptation : Benjamin Schwanen
Illustration de la couverture : Richard Petit
Illustrations des pages intérieures : Freg
Graphisme : Mika

Rue de la Blanche Borne 15
6280 Gerpinnes (Loverval) - Belgique

Dépôt légal : avril 2021 — D/2021/13.105/56

ISBN : 978-2-3807-5343-1
NUART : 37-0267-5

Imprimé en Europe

Lorsque j'ai annoncé
sur Facebook la sortie
de ce deuxième roman
de King Crotte,
23 mouches ont cliqué :
J'AIME !

Richard PETit

Tu trouveras la définition
des mots qui sont accompagnés
d'une étoile ☆ à la fin de
ton livre dans le glossaire.

Chapitre 1

La vie est trop BELLE au château

Dans une salle somptueuse, **MOUCACA**, le roi très odorant, est assis confortablement sur son trône doré et contemple fièrement son domaine par les fenêtres de son splendide château.

MouCACA est LE *king!* LE *King* Crotte de Textoville, la cité où habitent TOUS les Émo-J. Ces derniers sont les petits pictogrammes que les humains utilisent dans leurs textos pour exprimer leurs émotions.

Les affaires sont **MÉGA** florissantes pour **MouCACA** et les habitants du royaume. Grâce aux téléphones portables

et à l’utilisation à outrance de ses petits sujets rigolos, les Émo-J, le roi est devenu **ENCORE** plus riche qu’avant.

OUI ! Il peut maintenant se payer tout ce qu'il désire… **ABSOLUMENT TOUT !**

De belles voitures. Des milliers de jeux vidéo, ainsi que **TOUTES** les consoles existantes.

Plein de **BEAUX**
vêtements bruns…

TOUT ! TOUT ! TOUT !

Et c'est **ÇA**,
le problème…

YEP !

Difficile à croire,
mais c'est vrai.
MOUCACA a
tellement d'argent
qu'il ne sait plus
où ranger tous ses
millions de billets
de banque. Il y en a
PARTOUT
dans le château.

☆ Dans
son portefeuille
trop plein.

☆ Dans
son petit cochon
qui déborde.

☆ Dans
son coffre-fort,
dont la porte
ne ferme plus.

Les murs et
les plafonds sont
tapissés de billets !
MouCACA en a
aussi caché sous
son lit, parmi les tas
de poussière.
Il y en a dans
le réfrigérateur. Entre
le lait au chocolat et
le restant de boulettes
sauce tomate.

Dans l'aquarium, avec ses poissons rouges... **PARTOUT !**

Même dans les livres de sa bibliothèque, entre **CHACUNE** des pages !

100 POPOTINS
100
50 POPOTINS
50
10 POPOTINS

Le popotin
est la monnaie
du royaume de
Textoville, bien sûr.
On dit que l'argent
n'a pas d'odeur, et
pourtant, les popotins
en ont une.
Ça **AUSSI**,
c'est un problème,
mais c'est une
autre histoire…

EH OUI !

De **GROS TAS**

de popotins sont empilés partout dans les couloirs du château. Il y en a tellement qu'il est

presque impossible
de se déplacer
dans l'immense
résidence royale.
Par endroits,
MouCACA
doit se faufiler
entre deux piles
de popotins en
marchant de côté,
comme un crabe.

Le problème est
MÉGA GRAVE !
C'est pourquoi
MouCACA a
décidé de réunir
ses **MEILLEURS**
conseillers de
la fonction publique.
Ils doivent absolument
trouver une solution.

☆ Tonton, l'Émo-J responsable des finances ;

☆ Mister Je-sais-tout, le planificateur financier ;

☆ et Gérandestrad, le responsable de l'approvisionnement en papier toilette, arrivent au château de toute urgence.

– ÇA VA TRÈS MAL ! se plaint **MouCACA**. Il y a beaucoup trop de popotins ici ! Si ça continue, on ne pourra plus se déplacer dans le château. En plus, **ÇA SENT TROP MAUVAIS PARTOUT !**

Cette situation
entache sérieusement
le bonheur parfait
de la famille royale :
MouCACA ;
sa femme, la reine
Flatulence ; leur fille,
la princesse Nasale ;
et leur fils, le prince
héritier Simebol,
n'en peuvent plus.

Le roi de Textoville
ne sera pleinement
satisfait que
lorsque le problème
d'entreposage
des popotins sera
TOTALEMENT
réglé, une fois
pour toutes.

— J'ATTENDS VOS SUGGESTIONS, CHERS ÉMO-J !
s'exclame le roi. On fait quoi avec tous ces billets ?

— On pourrait acheter l'entreprise Apple, celle qui produit les iPhone, suggère Tonton.

Elle coûte des millions de popotins, ça nous débarrasserait de beaucoup de billets.

BONNE IDÉE !

– PFFFF !

proteste vivement Mister Je-sais-tout. Avec les profits que fait cette compagnie, nous allons accumuler **ENCORE** plus d'argent, nigaud. Tu y as pensé ?

MAUVAISE IDÉE !

— Nous pourrions en donner aux pauvres de Textoville, propose alors Gérandestrad.

– PFFFF !

proteste encore Je-sais-tout. Nous en avons déjà donné beaucoup, tellement qu'il n'y a plus de pauvre dans le royaume.

En plus, plein d'Émo-J nous poursuivent

en justice parce que
nous leur avons
donné trop de
popotins et qu'eux
non plus ne peuvent
plus se déplacer
dans leur maison.

TOH!

— Ça me fait penser que j'ai moi-même dû mettre des popotins dans mon auto, tellement **j'en ai trop !** s'exclame Tonton. Maintenant, elle est **SI** pleine que je ne peux plus m'en servir et que je dois venir

travailler au château
à pied…

— Moi, j'en ai même
caché dans
mes chaussures…
ajoute Je-sais-tout.

– MY GOD !
s'exclame
Gérandestrad.

QUELLE BONNE IDÉE !

Jamais personne n'a pensé à cacher de l'argent dans ses chaussures avant toi !

BAH OUI !

MouCACA tapote impatiemment

le couvercle de
son trône avec
ses doigts.

— Vous n'oubliez pas quelque chose, là ? demande-t-il à ses trois conseillers.

Tonton se met
à gratter la tête de
Mister Je-sais-tout
qui, lui, gratte celle
de Gérandestrad qui,
lui, gratte celle
de Tonton, à
la recherche
d'une réponse.

C'est une réflexion d'équipe.

– EUH… NON ! ose finalement répondre Je-sais-tout.

– SI. MOI ! VOUS M'OUBLIEZ, MOI, BANDE D'IDIOTS ! s'emporte **MouCACA**.

Je ne vous ai pas réunis dans la salle d'audience* pour que vous puissiez parler tranquillement de vos problèmes personnels !

Les trois conseillers reprennent leur sérieux.

— Pendant que
vous discutiez
de vos préoccupations
insignifiantes,
j'ai pensé à une solution,
leur annonce
MouCACA.
C'est une solution
qui va régler
notre problème…

UNE FOIS POUR TOUTES !

Chapitre 2

La vie est NULLE au château

Assis **inconfor-tablement**

sur une poubelle
rouillée dans la cave
humide du château,
Scrap bougonne
en regardant
les toiles d'araignées
tout autour de lui.

Scrap est le frère
cadet de **MouCACA**,
LE King Crotte
de Textoville,
la cité où habitent
TOUS les Émo-J
et…

BLABLABLA !

Tout le monde le sait, voyons…

Ça va très mal
pour Scrap, mais
pas pour les mêmes
raisons que pour
MouCACA.
Lui ne tire **AUCUN**
profit des affaires
florissantes
de son frère le roi.
Le marché
des téléphones

portables a rendu
MouCACA
extrêmement riche,
mais Scrap est
toujours sans
le sou et ne peut
donc rien se payer…
ABSOLUMENT
RIEN !

De belles voitures ?

JAMAIS DE LA VIE !

Des jeux vidéo ?

TU VEUX RIRE !

De beaux vêtements ?

JAMAIS DANS CENT ANS...

Il ne peut se payer
que rien du tout !

Et c'est **ÇA**,
le problème…

YEP !

Difficile à croire que
Scrap est sans le sou,
alors que son frère
est **TELLEMENT**

riche qu'il ne sait
plus où mettre
TOUS
ses popotins.

Pour ceux et celles
qui viennent **TOUT
JUSTE** de naître,
le popotin est
la monnaie
du royaume de

Textoville, bien sûr. Le **MANQUE** de popotins de Scrap est tellement grave qu'il a décidé de réunir ses trois **PIRES** bras droits afin de trouver une solution.

OUI ! Scrap
a trois bras droits et
aucun bras gauche…

Il s'agit de Chichi,
Bazar et E.T.,
les **TRÈS** piquants
Émo-J porcs-épics.

— ÇA VA TRÈS MAL !

se plaint Scrap, tout énervé. Il n'y a presque plus de popotins ici ! Il n'y en a **AUCUN**, à vrai dire.

Chichi, Bazar et E.T. se mettent à fouiller

au fond de leurs poches vides.

— Vous avez raison, **Votre Empesteur !** lui concède Chichi.

— J'attends vos suggestions… demande Scrap d'un ton découragé. Nous devons trouver des popotins, par tous les moyens. **BEAUCOUP DE POPOTINS !**

— Je propose
d'en voler à
MouCACA !
suggère Bazar.
Il y en a tellement
qui traînent partout
dans le château
qu'il ne s'en apercevra
même pas.

– C'EST NUL COMME IDÉE !

proteste E.T.
Si nous nous faisons prendre par l'agent Paul, le policier de Textoville, nous nous retrouverons tous les cinq en prison à vie,

et peut-être même
pour plus longtemps.

— Nous ne sommes
que quatre ! lui
rappelle Chichi.

E.T. compte sur
ses doigts.

— Moi, ça fait un ; Scrap, ça fait deux ; Bazar, ça fait trois ; Chichi, ça fait quatre ; et E.T., ça fait **cinq**.

– IDIOT ! lui lance Scrap en se levant. Je viens d'avoir

une **VRAIE**
bonne idée, moi !
Nous allons nous
débarrasser de
MouCACA et
nous enverrons son
fils Simebol en exil.
OUI ! En exil !
Nous l'expulserons
loin du pays ! Je serai
alors le prochain

dans l'ordre de
succession au trône
et je deviendrai
le nouveau King
Crotte de Textoville.
TOUS
les popotins seront

À MOI!

Le visage des trois bras droits de Scrap s'étire d'émerveillement.

– **WAOUH !**

lance Bazar.

– **WAOUH !**

s'exclame Chichi.

– **Re-WAOUH !**

s'écrie à son tour E.T.

— Mais comment avez-vous fait pour trouver un plan **SI** fabuleux, ô Caca ? demande Chichi.

— BAH, FACILE ! lui répond Scrap. Ça m'est venu en lisant le texto que

MouCACA vient de m'envoyer. Il cherche lui aussi une solution à son problème de popotins. Alors, nous allons nous aider mutuellement.

YO, BRO !

J'ai un TRÈS grave problème de popotins à régler, et tu serais MÉGA gentil de m'aider. Voici ce que je propose : débarrasse-toi de moi temporairement* et envoie mon fils

Simebol en exil
pour quelque
temps. Tu seras
donc le prochain
dans l'ordre de
succession au trône
et tu deviendras
King Crotte 2.0.,
le nouveau roi
flambant neuf
de Textoville.

Tous les popotins seront alors à toi ! ÇA TE DIT, BRO ? 

YEP !
Je cours te rejoindre afin de te faire disparaître au plus vite.

GÉNIAL ! Je suis dans la salle du trône. C'est facile de me reconnaître : je suis une crotte puante assise sur le trône avec une couronne dorée sur la tête. AH OUI ! Je serai le seul

Émo-J présent dans la salle.

OK !

Ah oui ! Et tu dois venir seul à la salle du trône.

Aucun de tes petits amis ne doit t'accompagner.

Mais qu'attends-tu pour venir me rejoindre ?

Ben, j'attends que tu cesses de me texter.

AH ! D'ac...

Je pars sur-le-champ !

Je ne suis pas dans le champ, je t'ai dit que je suis dans la salle du trône !

Je pars sur « LA SALLE DU TRÔNE », alors.

À tout
de suite…

À TOUT
DE SUITE ???
Je dois avouer
que je n'ai jamais
vraiment compris
à quelle heure c'était,
ça, « à tout de suite »…

MouCACA
GRRRR ! Dépêche-toi de venir...

Chapitre 3

C'est justement là, dans le champ en question, que Simebol et Tralala s'amusent...

NON ! Simebol et Tralala ne sont pas seuls. Ils sont entourés des Émo-J filles Kiss, Bécot, Bajoues, Babines, Lips et Bise, et des Émo-J garçons Smack, Smoutch, Mamours, Câlin, Papouille et Chéri.

Ils jouent tous à cache-cache BISOUS !

RÈGLEMENTS :

À tour de rôle, TOUS les Émo-J garçons comptent, les yeux fermés, pendant que les Émo-J filles doivent se cacher. Lorsque les garçons ont fini de compter, ils doivent partir à la recherche des filles. Si un Émo-J garçon parvient à trouver une Émo-J fille, cette dernière doit lui donner une BISE sur la joue.

OH LÀ LÀ !

Lorsque **TOUTES**
les Émo-J filles ont
été retrouvées, c'est à
leur tour de compter,
pendant que
les Émo-J garçons
se cachent.

Simebol a la tête
appuyée contre le
mur du château

et compte, les yeux
fermés, avec
les autres Émo-J
garçons.

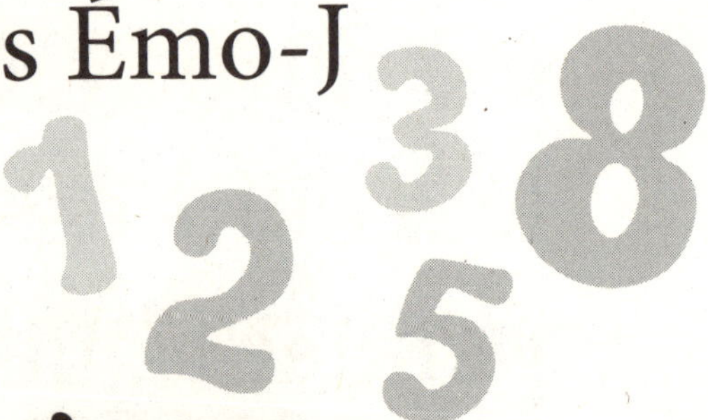

**— Un, deux,
trois, cinq, huit !**

Tralala, de son côté,
cherche un endroit
où se cacher.

Au fond de la rivière ? **NON**, car la jeune et belle crotte ne sait pas nager. **AU SOMMET D'UN ARBRE ?** Malheureusement, elle ne sait pas voler non plus. **SOUS LA NEIGE ?**

Non, car il n'y a JAMAIS de neige qui tombe dans la brousse* de Textoville.

DERRIÈRE LA GROSSE PIERRE ?

NON, car elle serait beaucoup trop facile à trouver.

« JE SAIS ! »
s'exclame-t-elle enfin.
« Je vais rester plantée ici et laisser tomber mes bras de chaque côté de moi pour imiter un arbre. »

OUI !

Elle est certaine
que **PERSONNE**
ne la reconnaîtra,
parmi les arbres
qui l'entourent.
Tralala adopte sans
attendre la posture
d'un grand végétal.

☆☆☆

Scrap arrive seul
à la salle du trône,
comme le lui
a ordonné
MouCACA.
Il est tout excité.

— Mais c'est quoi, cette folie ? demande Scrap. Tu veux que je prenne ta place comme roi de Textoville ? Mais **POURQUOI ?**

MouCACA hoche la tête en guise de réponse,

puis s'approche de son frère pour lui murmurer tout bas à l'oreille ce qu'il a derrière la tête…

SON PLAN !

BLA ! BLA ! BLA ! BLA ! BLA ! BLA ! BLA !
BLA ! BLA ! BLA ! BLA ! BLA ! BLA ! BLA !
BLA ! BLA ! BLA ! BLA ! BLA ! BLA ! BLA !
BLA ! BLA ! BLA ! BLA ! BLA ! BLA ! BLA !
BLA ! BLA ! BLA ! BLA ! BLA ! BLA ! BLA !
BLA ! BLA ! BLA ! BLA ! BLA ! BLA ! BLA !
BLA ! BLA ! BLA ! BLA ! BLA ! BLA ! BLA ! BLA !
BLA ! BLA ! BLA ! BLA ! BLA ! BLA ! BLA !
BLA ! BLA ! BLA ! BLA ! BLA ! BLA ! BLA !

BLA!
BLA!
BLA!
BLA!
BLA!
BLA!
BLA!
BLA!
BLA!
BLA!
BLA!
BLA!
BLA!
BLA!
BLA!

MouCACA chuchote d'une voix si basse qu'il est **IMPOSSIBLE** de comprendre ce qu'il dit à son frère. Cependant, tout au long de l'explication, Scrap lance plusieurs

« **OH !** », un paquet de « **HEIN !** », et répète souvent « **TU ES FOU !** ».

Lorsque **MouCACA** termine son explication, Scrap hoche la tête **ET APPUIE SANS ATTENDRE**

SUR LA CHASSE D'EAU DU TRÔNE.

Un grand remous se forme sous **MouCACA**, l'aspirant aussitôt... **DANS LES ÉGOUTS DE LA VILLE !**

PIT-CHIiiiiii !

Scrap salue de la main son frère et prend

sa place sur le trône doré en déposant sur sa tête...

LA COURONNE DE ROI DE TEXTOVILLE !

KING CROTTE 1.0 EST MORT !

VIVE KING CROTTE 2.0 !

Chapitre 4

BISOUS ! PRÊT PAS PRÊT, J'Y VAIS !

Au moment même où Tralala s'immobilise au milieu des arbres, Simebol achève de compter.

NON MAIS QUELLE COÏNCIDENCE* INCROYABLE !

— Mille huit cent soixante-quatorze ! termine-t-il. **BISOUS ! PRÊTE PAS PRÊTE, J'ARRIVE ! CACHÉE PAS CACHÉE, TANT PIS !**

Simebol se retourne rapidement…

ET OUVRE LES YEUX !

Comme par magie, Tralala a disparu du paysage. Les autres Émo-J garçons finissent eux aussi de compter et cherchent les Émo-J filles du regard.

Aucune fille en vue. Simebol se questionne…

Est-ce que Tralala s'est cachée au fond de la rivière ? **NON**, car elle ne sait pas nager. Ça, Simebol le sait. S'est-elle cachée au sommet d'un arbre ?

BIEN SÛR QUE NON !

Étant une crotte lui-même, Simebol sait très bien que les cacas puants ne peuvent pas voler.

« Elle n'est pas cachée sous la neige, car il n'y en a pas ! songe

aussi Simebol.
Il ne reste que
la grosse pierre. »

Voulant surprendre son amie Tralala, qu'il croit dissimulée derrière le rocher, Simebol avance sur la pointe des pieds et **BONDIT !**

Mais bien sûr, Tralala n'est pas cachée là…

Le visage de Simebol s'étire de déception.

Soudain, un arbre à la forme **TRÈS** curieuse attire son attention. Il s'en approche **TRÈS** lentement.

De son côté, Tralala, qui a les yeux bien fermés, sent tout à coup son ami qui se rapproche.

Elle le sent **TRÈS** bien, car Simebol est une crotte puante, comme elle.

Simebol examine l'arbre et remarque aussitôt qu'il ne sent **pas très bon...**

– C'EST TRALALA !

lance-t-il, convaincu d'avoir trouvé son amie, car un arbre **ne sent pas le caca !**

Déçue d'avoir été découverte aussi rapidement, la jeune crotte ouvre alors les yeux.

— Donne-moi
un BISOU, S'IL TE PLAÎT !
s'exclame Simebol.

Mais alors que Tralala approche ses lèvres de la joue de Simebol pour l'embrasser…

Ils sont surpris
par des visiteurs
inattendus qui
arrivent de manière
imprévue…

Chapitre 5

Bon voyage en exil

Alors que Tralala approche ses lèvres de la joue de Simebol pour l'embrasser, un peloton* de soldats arrive subitement sur les lieux et écarte les deux jeunes Émo-J l'un de l'autre.

Ce sont les Émo-J sergent Serge, **Cacapitaine, Cacaporal, Cacarabine** et **Cacanon**.

– SILENCE !

lance le sergent Serge sur un ton autoritaire.

Le timbre de voix du militaire fait frissonner de terreur tous les jeunes Émo-J autour de lui.

BRRRRRR !

Alors que Simebol dévisage l'Émo-J costaud, il remarque qu'une arme **REDOUTABLE**, un pistolet lance-barbe à papa, est accrochée à sa ceinture.

AÏE !

C'est connu :
un Émo-J qui est
atteint par de
la barbe à papa est
aussitôt paralysé de
la tête aux orteils,
du petit doigt au
pouce et d'une oreille
à l'autre. Mais la barbe
à papa n'affecte
en rien l'odeur

qu'un Émo-J crotte dégage. Il peut continuer à puer comme bon lui semble, à la grande déception de ceux qui l'entourent.

Craignant d'être atteint par le feu de l'arme **REDOUTABLE** du militaire, Simebol se fige comme une statue qui ne bouge pas tout en répliquant :

— Mais je n'ai rien dit, **MOI !**

— SILENCE !

s'écrie à nouveau le sergent Serge.

Le roi King Crotte 2.0 nous a demandé de vous envoyer en exil immédiatement. Vous partez tout de suite ! Voici vos bagages.

Le sergent remet à Simebol un sac qui ne pèse presque rien.

NORMAL :
il ne contient
que quelques
sous-vêtements !

– QUOI ?
s'étonne Simebol.
MAIS C'EST IMPOSSIBLE !
Mon père
le roi m'aime,

il ne se débarrasserait **JAMAIS** de moi.

– **SILENCE !**

le reprend encore le sergent Serge. C'est un ordre du **NOUVEAU** roi. Votre oncle Scrap règne désormais sur Textoville,

sous le nom de
KING CROTTE 2.0 !
C'est lui qui en
a décidé ainsi…

Les yeux de Simebol
s'agrandissent pour
devenir aussi grands
que des rouleaux de
papier toilette
tout neufs.

— S'CUSEZ-MOI PARDON ! s'étonne le jeune caca. **MAIS OÙ EST PASSÉ MON PÈRE,** King Crotte 1.0 ?

— Scrap, notre nouveau King Crotte, l'a largué dans les égouts !

l'informe le soldat.
GROUILLEZ-VOUS !
Sinon, vous allez
manquer l'avion
qui va vous emmener
en exil.

– EN EXIL ???
répète Tralala.
VOUS ALLEZ
VRAIMENT
EXPULSER

SIMEBOL DE TEXTOVILLE ?

— DING ! DING ! DING ! répond le sergent Serge en souriant de manière diabolique. **BONNE RÉPONSE ! ET IL SERA PARTI POUR TOUJOURS !**

ET PEUT-ÊTRE POUR PLUS LONGTEMPS ENCORE !

Obéissant aux ordres de leur supérieur, les soldats empoignent Simebol par les bras. Mécontents du sort de leur ami puant,

Tralala et **TOUS** les jeunes Émo-J tentent de s'interposer.

Une **TERRIBLE** bagarre s'ensuit entre les soldats et le groupe de jeunes Émo-J. Un grand nuage de poussière se soulève.

Il est **TOTALEMENT** impossible de voir ce qui se passe à l'intérieur et de décrire le combat.

BREF ! Après d'innombrables* « **PIF !** », « **PAF !** », « **BANG !** » et « **AÏEEUH !** », les soldats arrivent enfin à remplir leur mission.

Ligoté comme
un saucisson, Simebol
est reconduit à
son siège dans l'avion
qui le conduira en
exil, loin de ses amis,
pour toujours... ou
au moins pour deux
semaines. Une fois
qu'il est assis,
les soldats le détachent.

Le pilote annonce
le décollage imminent
de l'avion vers
sa destination à
ses… à son **SEUL**
passager. **OUI !**
Simebol est l'unique
voyageur à bord.

L'avion s'élève
en émettant un
grondement à faire

rougir de honte
un tremblement
de terre.

– ON DÉCOLLE VERS DESTINATION ??? répète Simebol, qui ne comprend pas trop ce qui se passe.

Le jeune caca appuie
sur un des boutons
au-dessus de sa tête
afin de parler
au steward ou à
l'hôtesse de l'air.

Une jolie Émo-J
toute souriante se
dirige aussitôt
vers lui en poussant

un chariot rempli de denrées*.

– **OUI ?** fait l'hôtesse de l'air de manière cordiale*. Mon nom est **Wétriss**. Vous voulez boire quelque chose ?

J'ai de l'eau
PETillante,
un bol de CACAo
bien chaud,
du CACAfé et
même des sodas :
du PETsi, du
CoCACA Cola
et du Dr Péteur.

— Je voudrais juste avoir une information, s'il vous plaît, répond Simebol.

Wétriss se penche,
examine les tablettes
de son chariot,
puis se relève.

— Je suis vraiment
désolée, jeune
Émo-J ! Il ne me reste
plus **AUCUNE**
information.

Vous souhaitez prendre quelque chose d'autre ?

– NON ! NON ! réplique Simebol. Je veux juste avoir un renseignement !

Wétriss se penche à nouveau pour regarder

dans son chariot,
puis se relève.

– CROTTE DE CROTTE !

Je n'en ai plus non plus !

– MAIS NON !

s'impatiente Simebol. Je veux juste savoir **OÙ** se rend cet avion.

Il va vers **DESTINATION**, et moi, je pensais plutôt qu'il m'emmenait en exil...

L'hôtesse de l'air
se met à rire à gorge
déployée.

Puis, elle se ressaisit…

– QUOI ?

– QUOI, QUOI ?
demande Simebol, qui cherche à comprendre.

— Je n'ai pas compris votre question ! lui précise Wétriss.

— Je veux juste savoir une chose : est-ce que nous allons vers **DESTINATION** ou en exil, en fin de compte ? lui redemande Simebol.

L'hôtesse de l'air se remet à rire à gorge déployée.

HA! HA! HA!
HA! HA! HA!
HA! HA!

HA! HA! HA!
HA! HA! HA!
HA! HA!

HA! HA! HA!
HA! HA! HA!
HA! HA!

Simebol la regarde d'un air étonné.

— Vous voulez que je répète encore ? dit-il.

L'hôtesse de l'air prend soudain un air irrité, comme si Simebol venait de lui dire des gros mots du style : « Vous voulez que je répète encore ? »

– JE NE SUIS PAS SOURDE !

s'emporte Wétriss. Vous n'allez ni à **DESTINATION** ni en exil ! L'avion se rend à X-Île,

une région au sud
de Textoville où
il y a une plage et
où le Soleil brille
toujours. Beaucoup
d'Émo-J y vont en
vacances depuis
que King Crotte
leur a donné tout
plein de popotins.

Simebol réalise
alors que les soldats
envoyés par son oncle
Scrap ont fait une
TRÉS GRAVE
bévue ! Ils l'ont fait
monter à bord…
DU MAUVAIS AVION !

Lorsque son oncle l'apprendra, il va très certainement entrer dans une **colère brune...**

Chapitre 6

Scrap profite À FOND de sa nouvelle vie

Scrap, la toute dernière version de King Crotte, ou plutôt, King Crotte 2.0, est assis sur son trône et contemple ce qui l'entoure.

De magnifiques tableaux sont accrochés aux murs.

Un IMMENSE lustre en cristal suspendu au plafond brille de mille feux. C'est un **sacré** changement par rapport aux murs de pierre couverts de moisissures et à la pénombre sinistre des bas-fonds du château où il habitait avant de devenir roi.

Cette nouvelle situation réjouit Scrap, qui s'en frotte les mains de bonheur.

À ses côtés, ses trois PIRES bras droits, Chichi, Bazar et E.T., débordent aussi de joie et décident d'entonner une petite chanson.

— **HAKUNA MACACA !** chante Chichi très fort.

Le visage de Scrap se fait soudain tout grimaçant.

— **MAIS QUELLES PAROLES PUANTES !** poursuit Bazar sur le même air.

Scrap tire la langue de dégoût.

— **HAKUNA MACACA!** entonne ensuite **E.T.** **QUELLE CHANSON MALODORANTE!**

— **AH NOOON!**

s'emporte Scrap, les deux doigts placés dans les trous de ses oreilles.

JE DÉTESTE
CETTE CHANSON
PLUS QUE
LES BROCOLIS.

Ses trois pires bras droits poursuivent tout de même.

— **CES MOTS SIGNIFIENT QUE TU VIVRAS ICI, AVEC TOUS LES POPOTINS QUE TU DÉSIRES !** entonnent-ils tous les trois en chœur.

— ARRÊTEZ !

crie Scrap, rouge de colère. Sinon, je vous jette aux lions !

Les trois Émo-J stoppent net.

— Mais, ô King Crotte 2.0, il n'y a pas de lions au château ! réplique Chichi.

– M'EN FOUS !

rétorque Scrap.

J'EN ACHÈTERAI,

PLEIN !

Maintenant, mes amis,
qu'allons-nous
acheter avec **tous**
les popotins
que nous possédons ?

— ACHETONS PLUS DE POPOTINS !

propose Chichi. De cette façon, nous en aurons **ENCORE** plus.

— IDIOT ! lui lance Scrap. Nous ne pouvons

pas acheter d'autres popotins avec des popotins. Ce serait inutile, voire ridicule.

VOYONS !

Le visage de Bazar s'illumine. L'Émo-J vient d'avoir une idée absolument **GÉNIALE !**

— JE SAIS !

s'exclame-t-il.

ACHETONS DES...

Bazar est soudain interrompu par l'arrivée impromptue dans la salle du trône de trois cheveux dans la soupe :

- ✩ Tonton, l'Émo-J responsable des finances ;

☆ Mister Je-sais-tout, le planificateur financier ;

☆ et Gérandestrad, le responsable de l'approvisionnement en papier toilette.

– IL N'Y A PLUS UN SEUL

POPOTIN AU CHÂTEAU ! s'écrie Tonton, sans même attendre que le roi lui ait accordé la parole. **NOUS AVONS FOUILLÉ PARTOUT, MÊME DANS NOS NARINES !**

BEURK !

Scrap bondit
de son siège tel
un grain de maïs
se transformant
en pop-corn.

– S'CUSEZ-MOI PARDON ! rugit-il comme un lion.

POUVEZ-VOUS RÉPÉTER LA QUESTION ?

– NOUS SOMMES MAINTENANT SANS LE SOU, COMME DES PAUVRES QUI N'ONT PLUS D'ARGENT ! lui explique Tonton, le responsable des finances.

J'ai compté tous les popotins que nous avions, ce qui ne m'a **VRAIMENT** pas pris beaucoup de temps. À part le popotin que nous avons tous en tout temps dans nos pantalons, nous en avons **ZÉRO !**

Scrap se rassoit
sur son trône, puis
bondit à nouveau.

— QU'EST-CE QUI S'EST, PASSÉ ?

demande-t-il.

— Quelqu'un s'est trompé et a envoyé le prince Simebol en vacances à X-Île au lieu de l'expulser **EN EXIL**, hors de

Textoville ! explique Mister Je-sais-tout, le planificateur financier.

— Et comme vous le savez, ô King Crotte 2.0, poursuit Gérandestrad, un voyage pareil coûte **TRÈS, TRÈS CHER...**

des millions de popotins, en fait !

– QUI SONT LES IMBÉCILES QUI ONT DONNÉ CET ORDRE ? ILS VONT ME LE PAYER ! hurle Scrap. Comme je ne peux pas les jeter aux lions, car je n'ai plus

de popotins pour
m'en acheter,
je vais les manger
moi-même.

Chichi, Bazar et E.T.
se mettent à siffler en
regardant le plafond.

« **BON !** se dit
Scrap. Mes pires bras
droits ne sont **pas**
les coupables ! »

C'est du moins
ce qu'il déduit
de leur réaction.

QUI, ALORS ???

— Mais c'est vous, ô
Votre Puanteur, qui
en avez donné l'ordre
à vos soldats !
lui rappelle Chichi.

Je m'en souviens comme si c'était hier.

— Mais je l'ai demandé aujourd'hui ! réplique Scrap.

— Hier ou aujourd'hui, c'est la même chose, à vingt-quatre heures près ! réplique Chichi.

Vous avez bien dit **« à X-ÎLE »** au lieu **D'EN EXIL !**

Scrap réalise qu'il est le seul coupable de cette **HAUTE** trahison envers lui-même.

— Alors,
le questionne Bazar,
ça veut dire que vous
allez vous dévorer
vous-même ?

Chapitre 7

BIENVENUE À X-ÎLE

Seule dans sa chambre, Tralala est toute tristounette d'avoir perdu Simebol, son meilleur ami, son amoureux, son futur époux avec lequel elle voulait s'acheter une maison, une voiture, et avec

qui elle voulait avoir
des enfants, bien sûr.
Des petits Émo-J,
à vrai dire.

Elle est étendue
sur son lit et se
demande ce qu'il
advient de lui,
LOIN de Textoville.
Simebol doit se sentir

aussi seul qu'elle en ce moment. En plus, le pauvre est en exil. Est-il triste lui aussi ? Est-il mort d'ennui ?

OU PIRE !

Tralala saisit son iPod et décide de lui texter son affection dans des mots qui veulent **TOUT** dire et qui laissent transparaître TOUT l'amour qu'elle a pour lui.

ZiOUUUUP !

Texto envoyé...

☆☆☆

Entouré d'Émo-J
en vacances qui,
comme lui, font
la fête, Simebol se
la coule douce sur
la plage ensoleillée
de X-Île. Il est étendu
sur une chaise
longue et il sirote*
une succulente pina
cacalada…

La sonnerie de son iPod résonne à travers les douces notes des ukulélés des musiciens sur la plage.

PA-BOU-BOU-DI-

BOU-BA-DOU !

Simebol appuie sur la touche pour lire le texto **TRÈS** émouvant de son amie Tralala.

La réponse de Simebol est tout aussi bouleversante.

HEY!
Rien...
Simebol
Tralala
Est-ce que ça va, Simebol?
Tu ne manques de rien?

Pas du tout !
J'ai tout ce
qu'il faut ici,
sur la plage de X-Île.
De l'eau, du sable,
de l'air, des sandwichs
sans croûte...
TOUT !

Waouh ! Si je n'étais pas ici, je serais là-bas avec toi, qu'est-ce que tu en penses ?

Pourquoi ne viens-tu pas me rejoindre ?

Nous pourrions nous baigner dans la mer, nous faire mordre par les requins, nous faire piquer par des méduses. Nous serions tout BRUN et l'on s'amuserait tant.

ES-TU TOMBÉ SUR LA CASQUETTE ?

Un voyage pareil coûte une fortune ! Il faudrait sans doute dépenser TOUS les popotins que je possède.

☆☆☆

LOIN des doux rayons du soleil, un autre Émo-J est LOIN de se la couler douce.

Il s'agit bien sûr
de **MOUCACA**,
le roi **DÉTRÔNÉ**
de Textoville, qui est
prisonnier des égouts
de son royaume.
Dans ces égouts,
l'odeur est
ABSOLUMENT
infecte.

Les Émo-J rats qui
y habitent ont même
commencé à
se plaindre.

YEP!

— En passant, ça ne puait pas avant que vous arriviez ici, tous les deux ! lui avoue sans tact Selfy le rat.

– TOUS LES DEUX ?

lui demande **MouCACA**.

JE SUIS SEUL !

— Toi et ton odeur ! lui répond Selfy.

– OUAIS !

renchérit Clic la rate. Mes deux narines

s’en sont rendu
compte assez vite,
elles aussi.

Derrière le couple,
plusieurs autres rats
hochent la tête en
signe d’approbation*.

MouCACA ne
peut que se rendre
à l’évidence :

son odeur et lui
ne sont pas les
bienvenus dans
cet endroit.

— BON, D'ACCORD !

reconnaît-il.
Il est temps pour
mon odeur et moi
de retourner
au château.

De toute façon,
comme je connais
mon frère Scrap,
il doit déjà avoir
dépensé **TOUS**
les popotins
qu'il y avait au
château, à l'heure
qu'il est. Alors,
je peux y retourner !

Un rat curieux, qui veut en savoir plus, pose une question intelligente et TRÈS légitime*...

— HEIN ?

— Oui ! lui explique **MouCACA**. Afin de dégager

le château des
INNOMBRABLES
popotins qui
s'accumulaient
PARTOUT,
j'ai dit à Scrap :

BLA ! BLA ! BLA ! BLA ! BLA ! BLA ! BLA !
BLA ! BLA ! BLA ! BLA ! BLA ! BLA ! BLA ! BLA !
BLA ! BLA ! BLA ! BLA ! BLA ! BLA ! BLA !
BLA ! BLA ! BLA ! BLA ! BLA ! BLA ! BLA !
BLA ! BLA ! BLA ! BLA ! BLA ! BLA ! BLA ! BLA !
BLA ! BLA ! BLA ! BLA ! BLA ! BLA ! BLA !
BLA ! BLA ! BLA ! BLA ! BLA ! BLA ! BLA ! BLA !
BLA ! BLA ! BLA ! BLA ! BLA ! BLA ! BLA !
BLA ! BLA ! BLA ! BLA ! BLA ! BLA ! BLA !

Tous les rats se lancent des regards d'incompréhension*.

Voyant qu'ils n'ont RIEN compris, **MouCACA** se met à parler plus clairement.

— J'ai demandé à Scrap de tirer

LA CHASSE
et de prendre
ma place sur le trône
jusqu'à ce que
mon « problème »
de popotins soit
réglé. Maintenant
que je pense
qu'il l'est, je peux
retourner régner
sur Textoville.

Je dois cependant retrouver mon chemin dans ce labyrinthe de conduits.

– POUR LE BIEN DE NOS NEZ, NOUS ALLONS VOUS GUIDER !

lui annonce Selfy.

Mais restez derrière nous, parce que vous sentez, hein… **EUH… NON**, je veux dire vous savez, hein ?

Pas du tout choqué par les paroles insultantes du rat, **MouCACA**, qui est rouge de colère, emboîte le pas aux bestioles qui se dirigent rapidement vers le château.

Chapitre 8

Pas encore Hakuna Macaca !

Pendant ce temps, au château…

Toujours assis sur son trône, dont il ne descend pas une seule seconde, Scrap, ou King Crotte 2.0, fait soigner sa blessure par Bobo, l'Émo-J médecin royal.

— Vous n'auriez jamais dû mordre votre propre bras comme ça, **ô Votre Puanteur !** lui reproche ce dernier.

Votre bras aurait
PU en mourir,
et vous ensuite.

– **PFFFF !** fait
Scrap, qui n'a pas
peur du danger.
Je l'ai fait, car j'avais
promis de punir
celui ou celle qui
avait envoyé Simebol

à X-Île en vacances au lieu de l'envoyer en exil, loin de Textoville. Je me devais, en tant que roi, de tenir parole. Et comme il n'y a pas de lions au château, j'ai voulu me dévorer moi-même.

C’est la raison
pour laquelle
je me suis **mordu**.

Satisfait du pansement
qu’il a appliqué
sur le bras de
son souverain, Bobo
annonce aux trois
pires bras droits de
Scrap que celui-ci
survivra à l’attaque

des lions qu'il a remplacés.

Bazar, Chichi et E.T. sont fous de joie et se mettent **ENCORE UNE FOIS** à chanter.

— **Hakuna Macaca !** lance Chichi très fort.

Scrap grimace à nouveau.

– **Mais quelles paroles puantes !** continue Bazar sur le même air.

Scrap met son doigt dans sa bouche pour feindre de se faire vomir.

— **Hakuna Macaca !**

poursuit E.T.

Quelle chanson malodorante !

— AH NOOOON !

s'emporte Scrap, les deux doigts placés dans les trous de ses oreilles.

JE VOUS AI DIT QUE JE DÉTESTE

CETTE CHANSON ! ARRÊTEZ TOUT DE SUITE !

Bazar, Chichi et E.T. stoppent en même temps, comme si quelqu'un venait d'appuyer sur leur bouton **« ARRÊT »**.

– BON ! leur dit Scrap. Vu que vous ne m'avez pas empêché de commettre une erreur en envoyant Simebol à X-Île, il va falloir attendre l'arrivée d'autres popotins au château.

En attendant…

NOUS ATTENDONS !

Stratégie qui,
de toute évidence,
est très logique ☆…

Chapitre 9

Facile, facile...

Tout près de
la sortie des égouts,
Selfy le rat et sa copine
Clic indiquent
à MouCACA
la direction
qu'il devra suivre
pour retourner
au château.

— Alors, voilà, commence Selfy.

C'EST TRÈS FACILE !

Tu continues un peu, ensuite tu tournes à droite, après à gauche, tu marches encore un peu, là tu vas voir une échelle, ne monte pas dessus, recule plutôt de trois pas et prends l'escalier qui montera vers la gauche, puis une fois en haut, prends à droite et continue, accroupi, vers la gauche, avant de te lever et d'aller encore à gauche, mais par la droite.

Les indications
du rat ont l'effet
d'un électrochoc
sur **MouCACA**.
Ce dernier demeure
immobile devant
les deux rongeurs.

Pour faire sortir
King Crotte de
sa torpeur,

Selfy et Clic
décident de
le pousser dans
la bonne direction.

Simebol, qui est
toujours en vacances
forcées sur la plage
de X-Île, commence

à s’ennuyer de
ses amis, et surtout
de Tralala, que
son cœur et lui
aiment beaucoup.

Comme si le destin
avait entendu
sa détresse, deux
individus de la pire
espèce se présentent
devant lui.

« **SUPER !** se dit Simebol en voyant leur air louche*. Comme mon oncle Scrap, je vais moi aussi avoir mes pires bras droits. »

YEAH !

– SALUT, ODORANT VACANCIER !

lance l'un d'eux, un Émo-J moufette. Je me nomme Ticon, et voici Pupas le cochon. Ça nous fait plaisir de rencontrer quelqu'un qui empeste autant que nous ! ajoute la moufette.

— *Yo, segnore Caca ! Qué fate vous ?*

Le visage de Simebol se crispe. Il n'a rien compris de ce que lui a dit l'Émo-J cochon.

— Mon ami Pupas ne parle que la langue x-îlienne. Il vous a dit : « Salut, seigneur Caca ! Que faites-vous ? »

— **AH !** répond Simebol. Je suis en EXIL à X-ÎLE, à cause de mon oncle qui a pris le pouvoir à Textoville.

Pupas se met tout à coup à pleurnicher.

— *SNIF ! SNIF ! Coma ça trista !*

— « Comme c'est triste ! » traduit Ticon. Moi, j'ai une cousine par

alliance qui habite
à Textoville.
Elle s'appelle Tralala
et, comme vous,
elle… euh… ne sent
pas très bon.

Super étonné par cette drôle de coïncidence qui ne fait pas rire, Simebol bondit de sa chaise longue. **OUI !** Il bondit tellement haut dans le ciel que Ticon et Pupas doivent attendre plusieurs minutes avant qu'il retombe sur la plage près d'eux.

☆☆☆

Alors qu'à X-Île,
Simebol exécute
un atterrissage
en douceur sur
la plage devant
ses deux nouveaux
amis, à Textoville,
MouCACA,
son père, réussit
à retrouver le chemin
du château…

Le roi déchu entre dans la salle du trône et retrouve rapidement son frère qui règne comme un souverain, c'est-à-dire qu'il ne fout **ABSOLUMENT** rien.

D'un rapide coup d'œil, **MouCACA** constate à sa grande satisfaction que Scrap a rempli la mission qu'il lui avait confiée.

IL A RÉUSSI
À DÉBARRASSER
LE CHÂTEAU
DE TOUS
LES POPOTINS
QUI TRAÎNAIENT
PARTOUT !

YESSSS !

— BRAVO, SCRAP !

le félicite son frère. Tu as fait du beau travail. Tu peux maintenant me redonner ma place sur le trône, s'il te plaît, et retourner dans les bas-fonds humides et sombres du château.

Mais malheureusement pour **MouCACA**, Scrap n'a pas l'intention d'abdiquer* de sitôt.

– JAMAIS, KING ! lui répond ce dernier en tenant fermement les bras du trône.

JE RESTE ICI !

Chapitre 10

Roi contre ex-roi… CROTTE CONTRE TOUJOURS CROTTE !

MouCACA est en colère. Il tente de s'approcher de son frère Scrap, mais il est aussitôt arrêté par Chichi, Bazar et E.T., les trois porcs-épics, qui dressent dangereusement leurs pics pointus vers lui.

— HALTE, PUANT !
lui lance Bazar de façon très impétueuse. Nul ne peut s'approcher ainsi du roi sans avoir demandé une audience officielle.

MouCACA cesse toute résistance et

tourne la tête
vers son frère.

— Mais pourquoi, Scrap ? demande-t-il.

— Parce que je n'ai pas vraiment eu le temps de profiter de ta fortune, lui explique son frère.

Vois-tu, j'ai envoyé
par erreur ton fils
Simebol à X-Île
et, comme tu le
constates, il ne reste
plus aucun popotin
au château.

MouCACA tombe
à genoux et se met
à pleurer à chaudes

larmes, tellement que les larmes brûlent ses joues.

– BOUH ! OUH ! OUH ! OUCH ! OUCH ! OUCH ! se lamente-t-il. Mon fils est en exil pour toujours, et peut-être pour plus longtemps encore !

– ARRÊTE DE PLEURER COMME UN BÉBÉ QUI PLEURE ! lui ordonne Scrap.

Simebol n'est pas en exil, il est juste **EN VACANCES** à **X-ÎLE !**

MouCACA se relève aussitôt et essuie les larmes sur ses joues brunes.

– **AH, LE SACRÉ PETIT CHANCEUX !** s'exclame-t-il, heureux pour son fils. **BON !**

Maintenant, Scrap, tu vas me rendre mon trône. **JE** suis le vrai roi, moi.

– NON ! répète Scrap, catégorique. Le roi, c'est celui qui est assis sur le trône et qui porte la couronne royale sur sa tête.

Il n'y a que deux lois à respecter ici, à Textoville : l'heure à laquelle il faut sortir les poubelles et la règle qui dit que **SEUL** le roi régnant peut décider de quitter son trône pour le donner à un autre.

Même **MouCACA** doit se plier à ces deux lois.

— Rien ne pourra me faire lever de ce trône, poursuit Scrap. **RIEN !** Sauf…

– SAUF QUOI ?
lui demande
MouCACA.

– SI TU PENSES QUE JE VAIS TE LE DIRE...

lui répond Scrap en se mettant curieusement à regarder ailleurs. Je vais juste te dire « sauf », arrange-toi avec ça.

Chapitre 11

Oui... SAUF QUOI ?

Sur la belle plage de X-Île, Simebol joue au Frisbee avec ses deux nouveaux amis, Pupas et Ticon. Il reçoit un texto…

PA-BOU-BOU-DI-BOU-BA-DOU !

SIMEBOL !
J'ai entendu
entre les
branches, alors
que je passais près
d'un arbre, que ça
allait TRÈS mal au
château ! 
Scrap ne veut pas
redonner le trône
à ton père.

OK, bye !
Simebol
Tralala
Je n'ai pas fini, idiot !
OK !
Simebol

Je n'ai pas encore fini, idiot ! Il n'y a pas moyen de décoller d'une fesse le popotin de ton oncle du trône royal, à cause des popotins, justement. Sauf que…

SAUF QUE KWA ?

Je sais que ce que Scrap déteste plus que tout, c'est la chanson *Hakuna Macaca*. Alors, j'ai pensé que

tu pourrais
la chanter dans
la salle royale jusqu'à
ce qu'il quitte les lieux.
OK, bye !
Simebol

Après avoir rangé son iPod, Simebol reçoit le Frisbee en pleine face…

… et se tourne vers ses copains.

— Ça vous tente de faire un petit voyage à Textoville, les amis ?

Pupas et Ticon ne peuvent contenir leur joie…

— **HAKUNA MACACA !**

lancent-ils tous les deux en chœur.

— Ça vous tente **AUSSI** de m'apprendre cette chanson pendant le vol ?

☆☆☆

À l'aéroport de X-Île, au comptoir de la compagnie aérienne **Pet Cacanada**, les trois amis sont accueillis par Wétriss, une vieille connaissance de Simebol.

— Avez-vous des bagages ? demande l'hôtesse de bord à Simebol.

– OUI ! répond
le jeune Émo-J crotte.

Et il désigne
ses nouveaux amis,
Pupas le cochon et
Ticon la moufette.

☆☆☆

ENFIN arrivé

à Destination…

EUH… à Textoville,

Simebol se rend rapidement au château avec ses deux amis. Là, dans la salle du trône, les attendent Scrap – ou King Crotte 2.0, le roi régnant –, **MouCACA** et les trois pires bras droits de Scrap, Bazar, Chichi et E.T.

– **PAPA ! PAPA !** s'écrie aussitôt Simebol en faisant une accolade à son père. Je sais ce que je vais faire pour que tu puisses remonter sur ton trône.

Comme il l'a si bien appris pendant le vol qui l'a ramené jusqu'à Textoville, Simebol ouvre son iPod, met de la musique de fond...

ET SE MET À CHANTER...

HAKUNA MACACA !

— **Hakuna Macaca !** commence-t-il très fort.

Scrap se met **ENCORE UNE FOIS** à grimacer.

— Mais quelles paroles puantes ! poursuit Simebol d'un air **TRÈS** enjoué.

Scrap se bouche
les oreilles et tire
la langue de dégoût.

— **Hakuna Macaca !**

continue Simebol,
accompagné de
Pupas, Ticon,
Chichi, Bazar et E.T.

Quelle chanson malodorante !

— Ces mots signifient que tu vivras ici, avec tous les popotins que tu désires !

chantent les six Émo-J en chœur.

Scrap sent qu'il est en train de devenir fou. Il retire la couronne de sa tête, se lève promptement du trône et part en courant vers les bas-fonds du château.

– ATTENDS-MOI, MON FRÈRE ! lance **MouCACA** en lui emboîtant le pas. Mes oreilles et moi, on n'est **VRAIMENT** plus capables de l'entendre nous non plus, cette chanson-là…

— Suis-moi, dans ce cas ! l'invite son frère.

On va jouer à

Super Mario Crotte 4

ensemble.

— *YESSSS !* se réjouit **MouCACA**. *GO !*

Rapidement, Simebol ramasse la couronne, la dépose sur sa tête et prend place sur le trône, sourire aux lèvres…

ET VOILÀ ! OUI ! Finalement, le roi de Textoville a bel et bien été détrôné… **PAR SON PROPRE FILS !**

Longue vie à **KING CROTTE 3.0…**

FIN

« Fin » signifie que ça ne sert à rien de continuer parce que l'histoire est terminée, bon. Tu peux refermer ton livre et le ranger dans ta bibliothèque avec tes autres romans Big et Mini Big.

Richard

GLOSSAIRE

Abdiquer : renoncer au pouvoir, à un titre.

Approbation : action d'approuver.

Audience : rencontre, entretien.

☆ **Brousse :**

région sauvage.

☆ **Coïncidence :**

hasard, concours de circonstances.

☆ **Cordial :**

agréable, chaleureux.

✩ **Denrée :**
produit comestible, aliment.

✩ **Incompréhension :**
fait de ne pas comprendre, parce qu'on en est incapable ou qu'on ne veut pas.

☆ **Innombrable :**
en si grand nombre qu'on ne peut pas le compter.

☆ **Légitime :**
fondé, juste.

☆ **Logique :**
raisonnement qui a du sens.

☆ **Louche :**
qui a l'air malhonnête.

☆ **Peloton :**
groupe de personnes (ou d'Émo-J).

☆ **Siroter :**
boire lentement en savourant.

☆ **Temporairement :**
pour une courte durée.

Je coche les Mini BiG que j'ai lus.